JE ME SENS UN PEU FAIBLE, PANORAMIX !...
NON, OBÉLIX !...TU N'AURAS PAS DE POTION MAGIQUE! JE T'AI DIT MILLE FOIS QUE TU ÉTAIS TOMBÉ DEDANS ÉTANT PETIT !
P9-DEV-658

GOSCINNY ET UDERZO
PRÉSENTENT
UNE AVENTURE D'ASTÉRIX

OBÉLIX ET COMPAGNIE

Texte de **René GOSCINNY** Dessins d'**Albert UDERZO**

H HACHETTE
HACHETTE LIVRE - 43, quai de Grenelle, 75905 Paris Cedex 15

ÉGALEMENT ÉDITÉES PAR LES ÉDITIONS ALBERT RENÉ

LES AVENTURES D'ASTÉRIX LE GAULOIS

25 LE GRAND FOSSÉ
26 L'ODYSSÉE D'ASTÉRIX
27 LE FILS D'ASTÉRIX
28 ASTÉRIX CHEZ RAHÃZADE
29 LA ROSE ET LE GLAIVE
30 LA GALÈRE D'OBÉLIX

ALBUMS DE FILM

ASTÉRIX ET LA SURPRISE DE CÉSAR
LE COUP DU MENHIR
ASTÉRIX ET LES INDIENS

ALBUM ILLUSTRÉ

COMMENT OBÉLIX EST TOMBÉ DANS LA MARMITE DU DRUIDE QUAND IL ÉTAIT PETIT

DES MÊMES AUTEURS AUX ÉDITIONS ALBERT RENÉ

LES AVENTURES D'OUMPAH-PAH LE PEAU-ROUGE

OUMPAH-PAH LE PEAU-ROUGE
OUMPAH-PAH SUR LE SENTIER DE LA GUERRE / OUMPAH-PAH ET LES PIRATES
OUMPAH-PAH ET LA MISSION SECRÈTE / OUMPAH-PAH CONTRE FOIE-MALADE

LES AVENTURES DE JEHAN PISTOLET

JEHAN PISTOLET, CORSAIRE PRODIGIEUX
JEHAN PISTOLET, CORSAIRE DU ROY
JEHAN PISTOLET ET L'ESPION

À PARAÎTRE :

JEHAN PISTOLET, EN AMÉRIQUE / JEHAN PISTOLET ET LE SAVANT FOU

Dépôt légal : 27895 - octobre 2002 - Edition 08 **ISBN 2-01-210023-6**
Imprimé en France par ***Pollina - n° 87916***
« Loi n° 49-956 du 16 juillet 1949 sur les publications destinées à la jeunesse. »

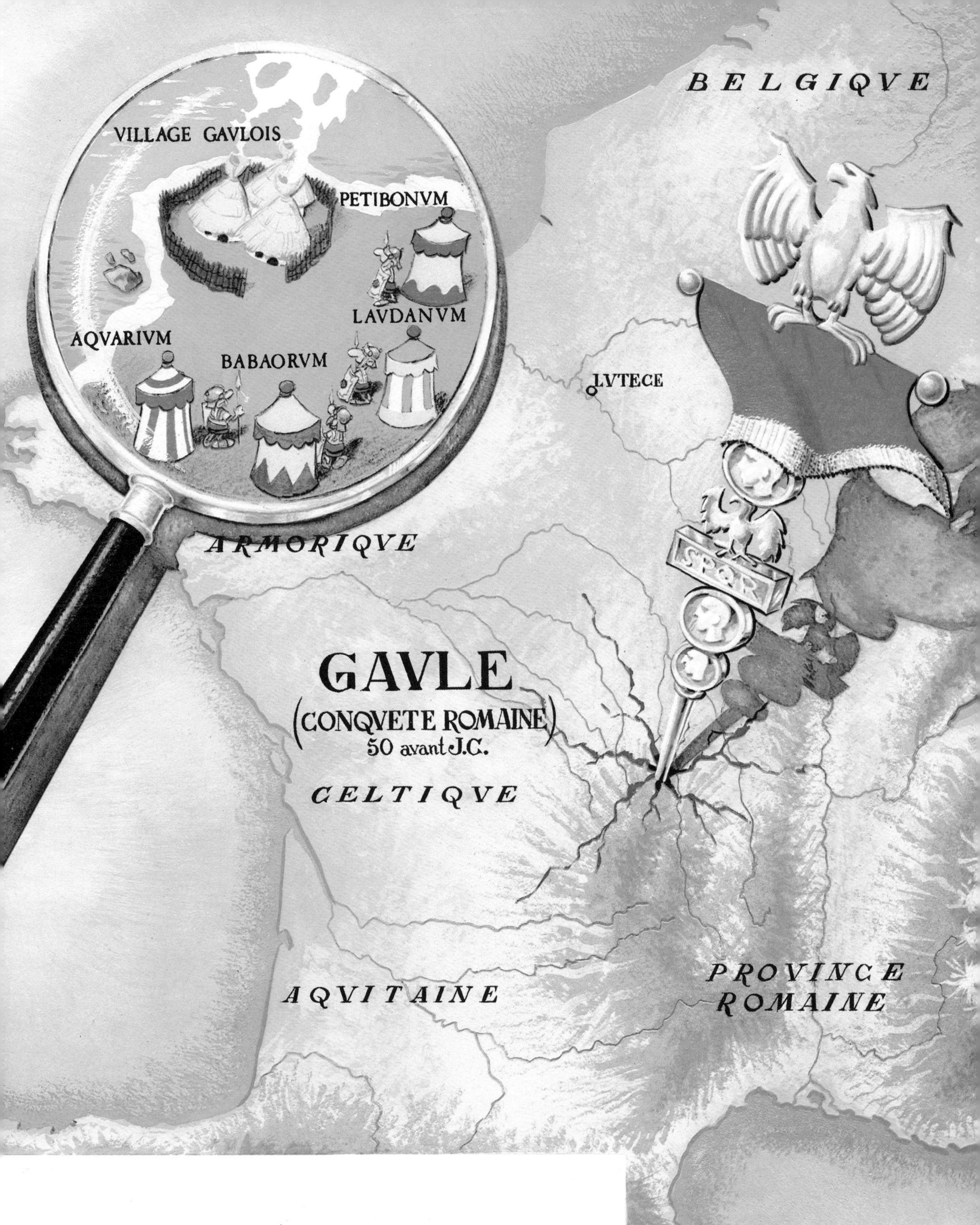

NOUS SOMMES EN 50 AVANT JÉSUS-CHRIST. TOUTE LA GAULE EST OCCUPÉE PAR LES ROMAINS... TOUTE ? NON ! UN VILLAGE PEUPLÉ D'IRRÉDUCTIBLES GAULOIS RÉSISTE ENCORE ET TOUJOURS À L'ENVAHISSEUR. ET LA VIE N'EST PAS FACILE POUR LES GARNISONS DE LÉGIONNAIRES ROMAINS DES CAMPS RETRANCHÉS DE BABAORUM, AQUARIUM, LAUDANUM ET PETIBONUM...

ASTÉRIX, LE HÉROS DE CES AVENTURES. PETIT GUERRIER À L'ESPRIT MALIN, À L'INTELLIGENCE VIVE, TOUTES LES MISSIONS PÉRILLEUSES LUI SONT CONFIÉES SANS HÉSITATION. ASTÉRIX TIRE SA FORCE SURHUMAINE DE LA POTION MAGIQUE DU DRUIDE PANORAMIX...

OBÉLIX EST L'INSÉPARABLE AMI D'ASTÉRIX. LIVREUR DE MENHIRS DE SON ÉTAT, GRAND AMATEUR DE SANGLIERS ET DE BELLES BAGARRES. OBÉLIX EST PRÊT À TOUT ABANDONNER POUR SUIVRE ASTÉRIX DANS UNE NOUVELLE AVENTURE. IL EST ACCOMPAGNÉ PAR IDÉFIX, LE SEUL CHIEN ÉCOLOGISTE CONNU, QUI HURLE DE DÉSESPOIR QUAND ON ABAT UN ARBRE.

PANORAMIX, LE DRUIDE VÉNÉRABLE DU VILLAGE, CUEILLE LE GUI ET PRÉPARE DES POTIONS MAGIQUES. SA PLUS GRANDE RÉUSSITE EST LA POTION QUI DONNE UNE FORCE SURHUMAINE AU CONSOMMATEUR. MAIS PANORAMIX A D'AUTRES RECETTES EN RÉSERVE...

ASSURANCETOURIX, C'EST LE BARDE. LES OPINIONS SUR SON TALENT SONT PARTAGÉES : LUI, IL TROUVE QU'IL EST GÉNIAL, TOUS LES AUTRES PENSENT QU'IL EST INNOMMABLE. MAIS QUAND IL NE DIT RIEN, C'EST UN GAI COMPAGNON, FORT APPRÉCIÉ...

ABRARACOURCIX, ENFIN, EST LE CHEF DE LA TRIBU. MAJESTUEUX, COURAGEUX, OMBRAGEUX, LE VIEUX GUERRIER EST RESPECTÉ PAR SES HOMMES, CRAINT PAR SES ENNEMIS. ABRARACOURCIX NE CRAINT QU'UNE CHOSE : C'EST QUE LE CIEL LUI TOMBE SUR LA TÊTE, MAIS COMME IL LE DIT LUI-MÊME : "C'EST PAS DEMAIN LA VEILLE !"

UN CERTAIN LAISSER-ALLER RÈGNE DANS LE CAMP RETRAN--CHÉ ROMAIN DE BABAORUM...
LA RELÈVE! C'EST A RELÈVE LES GARS!
OUVREZ LES PORTES! OUVREZ LES PORTES!
CENTURION BISCORNUS! C'EST BIEN EUX!
E SUIS LE CENTURION BSOLUMENTEXCLUS. AVE!
CENTURION BISCORNUS. AVE... ON VOUS ATTENDAIT AVEC IMPATIENCE, LES MECS!
TU N'ES PAS EN TENUE, CENTURION BISCORNUS.
OH, IL FAUT DIRE QUE NOUS NE SORTONS PRATI--QUEMENT JAMAIS. ALORS, NOUS PRENONS NOS AISES.
GRAT! GRAT!
EN AVANT!

AH DIS DONC ! C'EST QUAND MÊME BEAU, UN DÉFILÉ !
EH ?
UN CONSEIL ! FAIS-TOI ICI UNE PETITE VIE AGRÉABLE AVEC TES HOMMES, ET ATTENDS LA RELÈVE. ET SURTOUT, NE RÉPONDS PAS AUX PROVOCA-TIONS DES GAULOIS DE LA RÉGION ! CE SONT DES FOUS INVINCIBLES !
J'AI L'INTENTION, AU CONTRAIRE, DE METTRE AU PAS CES GAULOIS ÇA FERA PLAISIR À JULES CÉSAR JE N'AI PAS L'INTENTION DE RESTE CENTURION TOUTE MA VIE !
TOUTE TA VIE, ÇA RISQUE D'ÊTRE COURT.. ALLEZ ! ON S'EN VA, LES ENFANTS !

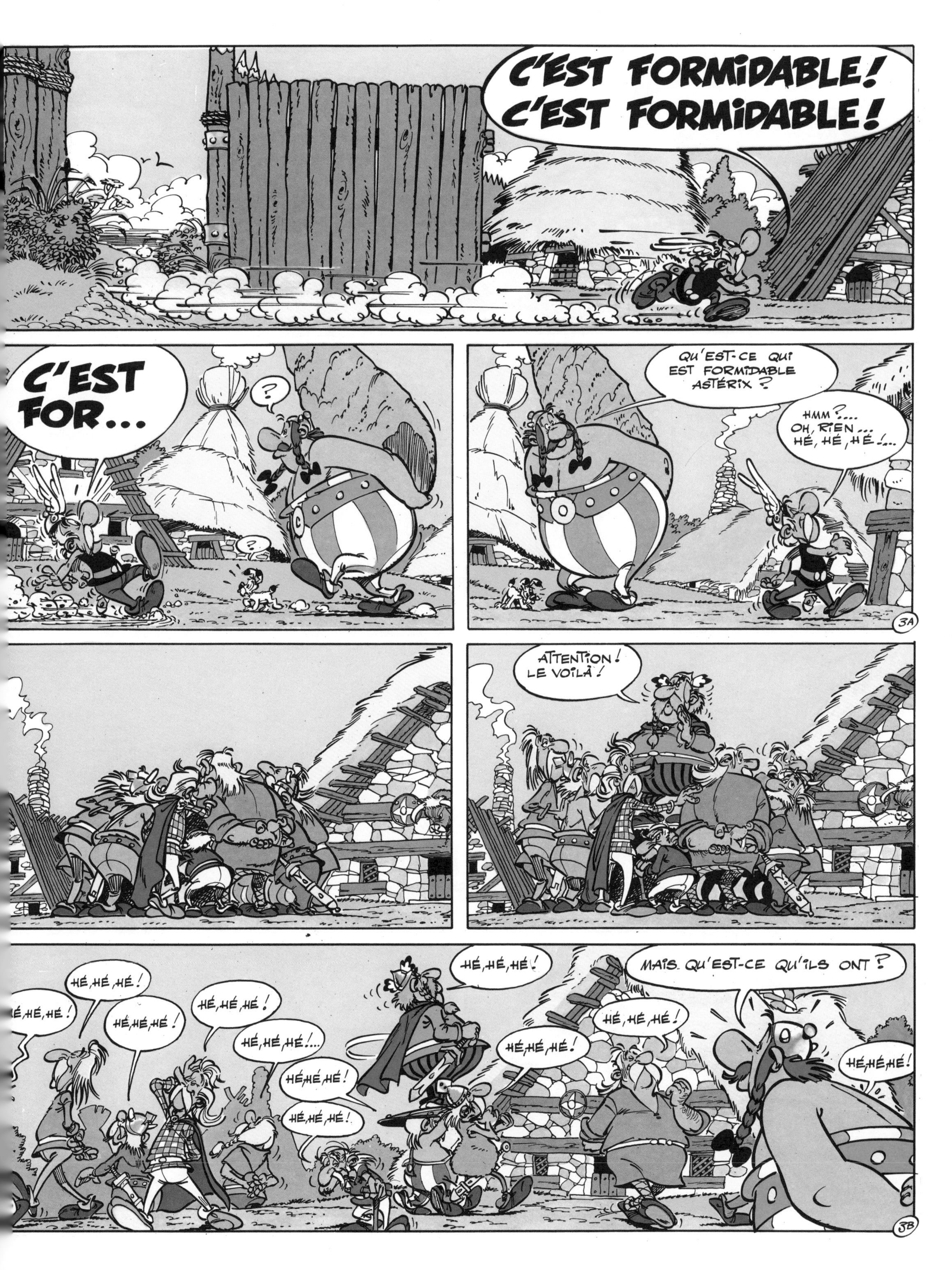
C'EST FORMIDABLE! C'EST FORMIDABLE!
C'EST FOR...
?
?
QU'EST-CE QUI EST FORMIDABLE ASTÉRIX ?
HMM ?.... OH, RIEN ... HÉ, HÉ, HÉ !...
ATTENTION ! LE VOILÀ !
HÉ,HÉ,HÉ !
HÉ,HÉ,HÉ !
HÉ,HÉ,HÉ !
HÉ,HÉ,HÉ !
HÉ,HÉ,HÉ !...
HÉ,HÉ,HÉ !
HÉ,HÉ,HÉ !
HÉ,HÉ,HÉ !
HÉ,HÉ,HÉ !
HÉ,HÉ,HÉ !
MAIS QU'EST-CE QU'ILS ONT ?
HÉ,HÉ,HÉ !

...ET ILS SONT TOUT NEUFS, MON VIEUX! ILS VIENNENT D'ARRIVER!
ATTENTION!
QUI EST TOUT NEUF? QUI VIENT D'ARRIVER?
HMM?... OH, BIEN, CERTAINEMENT PAS CES POISSONS!
POISSONS ORD
HÉ, HÉ, HÉ!...
ASTÉRIX! QU'EST-CE QUI SE PASSE ICI!?
HMM?
QUAND J'ARRIVE, TOUT LE MONDE S'EN VA EN FAISANT : HÉ, HÉ, HÉ. MÊME CÉTAUTOMATIX A PARLÉ DES POISSONS D'OR-DRALFABÉTIX, ET AU LIEU DE SE BATTRE, ILS ONT FAIT : HÉ, HÉ, HÉ!
HÉ, HÉ, HÉ.
OH, ET PUIS LEURS PETITS SECRETS NE NOUS INTÉRESSENT PAS! N'EST-CE PAS, IDÉFIX?
TIENS! NOUS AURONS NOS SECRETS À NOUS!
HÉ HÉ HÉ!
!!!
JE CROIS QU'IL A DES SOUPÇONS. J'Y VAIS?
OUI. TOUT EST PRÊT.

LÉGIONNAIRES! NOUS SOMMES ICI POUR VEILLER À CE QUE L'AUTO-RITÉ DE ROME NE SOIT PLUS BAFOUÉE!...
S P Q R
NOUS METTRONS AU PAS LES HABITANTS DU PETIT VILLAGE VOISIN ET NOUS N'ACCEPTERONS AUCUNE INSOLENCE DE LEUR PART!
LÉGIONNAIRES! NOUS NOUS COUVRIRONS DE GLOIRE!
5A
UN GAULOIS SE TROUVE DEVANT LA PORTE DU CAMP!
AHA! ILS ONT PEUT-ÊTRE SENTI QU'IL Y A DU CHANGEMENT!... OUVREZ LA PORTE!
ALORS, GAULOIS? TU VIENS TE SOUMETTRE?
BLEBLEBLEBLEBLE!
LÉGIONNAIRES! ATTRAPONS CE NABOT! IL SERVIRA D'EXEMPLE AUX AUTRES!
5B

ILS SONT À MES TROUSSES! ILS SONT À MES TROUSSES!
QUI SONT À SES TROUSSES?
DES ROMAINS. DES ROMAINS TOUT NEUFS FRAÎCHEMENT ARRIVÉS.
DES ROM...? LAISSEZ-LES MOI! LAISSEZ-LES MOI!
MAIS OUI ON TE LES LAISSE. POUR TOI TOUT SEUL!
POUR MOI TOUT SEUL?
MAIS OUI, GROS BÊTA! C'EST TON ANNIVERSAIRE, ET CES ROMAINS SONT TON CADEAU D'ANNIVERSAIRE!
TOC! TOC! TOC!
ET C'EST... ET C'EST POUR ÇA QUE VOUS COMPLOTIEZ TOUS ET QUE VOUS FAISIEZ: HÉ HÉ HÉ!
MAIS OUI! ALORS VAS-Y, OBÉLIX! TON CADEAU T'ATTEND!
LÉGIONNAIRES! NOUS ALLONS RASER CE VILLAGE INSOLENT! À L'ATTAQUE! NE FAITES PAS DE CADEAU!
VIENS IDÉFIX!
GRRRRAAAORR

JOYEUX ANNIVERSAIRE! JOYEUX ANNIVERSAAAAiiiiiRE!
ÇA... ÇA VRAIMENT... C'EST TELLEMENT DÉLICAT DE VOTRE PART... C'EST UN CADEAU DE SI BON GOÛT... JE...
ALLONS, ALLONS! TU NE VAS PAS TE METTRE À PLEURER? TU ES TROP SENSIBLE!... VIENS, IL Y A UN FESTIN DE SANGLIERS QUI T'ATTEND!
JOYEUX ANNIVERSAIRE, JOYEUX ANNIVERSAIRE...
IL N'A MÊME PAS SOUFFLÉ LES BOUGIES!
ALORS? QU'EST-CE QU'ON FAIT, CENTURION?
BEN... ON RENTRE AU CAMP, ON INFORME JULES CÉSAR... ET ON ATTEND LA RELÈVE!

À ROME...
UN SEUL ! UN SEUL DE CES VOYOUS RÉUSSIT À VAINCRE ET À DÉMORALISER L'ÉLITE DE MES LÉGIONNAIRES !...
C'EN EST TROP ! CES GAULOIS ME RIDICULISENT ! ÇA NE PEUT PLUS CONTINUER COMME ÇA, PAR JUPITER ! J'ATTENDS VOS CONSEILS !
NOUS POURRIONS ENVOYER TOUTE L'ARMÉE...
OUI, MAIS IL NE FAUT PAS DÉGARNIR LES FRONTIÈRES !
SI ON CRÉAIT UNE COMMISSION POUR ÉTUDIER LE PROBLÈME ?
BONNE IDÉE ! ET ON FERAIT DES SOUS-COMMISSIONS, AVEC DES TÂCHES BIEN PRÉCISES...
SI ON DÉJEUNAIT ENSEMBLE POUR EN PARLER ?
POTOPOT ! POTOPOT !
PUISQU'ILS SONT FORTS, IL FAUT LES AFFAIBLIR. PUISQU'ILS N'ONT RIEN D'AUTRE À FAIRE QUE DE SE BATTRE, IL FAUT LES OCCUPER.
8A
APPROCHE, CAIUS SAUGRENUS. COMMENT FERAIS-TU POUR AFFAI-BLIR CES GAULOIS DOUÉS DE FORCE MAGIQUE ?
PARLE ! VOYONS CE QU'ON VOUS APPREND DANS MA NOUVELLE ÉCOLE D'AFFRANCHIS...
C'EST SIMPLE, Ô CÉSAR : L'APPÂT DU GAIN, L'OR...
...VOILÀ QUI LES AFFAI-BLIRA ET LES OCCUPERA. NOUS ALLONS EN FAIRE DES DÉCADENTS.
TU CROIS QUE CE SERA SUFFISANT ?
REGARDE AUTOUR DE TOI, Ô CÉSAR !
8B

RIDICULE !
PAR MERCURE, CE JEUNE BLANC-BEC N'A AUCUNE EXPÉRIENCE !
N'ÉCOUTE PAS CE NÉARQUE, CÉSAR ! CROIS-MOI, UNE COMMISSION...
ZZZZZZ !
CONTRE LA FORCE, UTILISONS LA FORCE ! SOUVIENS-TOI DE NOS CAMPAGNES, CÉSAR ! NOUS AVONS FAIT PLIER LE MONDE DEVANT NOS LÉGIONNAIRES !
OUI, DOICROCHUS, JE M'EN SOUVIENS ! TU ÉTAIS UN JEUNE TRIBUN ÉLANCÉ, COURAGEUX, ET TU AS RAPPORTÉ BEAUCOUP D'OR DE NOS CAMPAGNES... VOIS CE QUE TU ES DEVENU !
OUI ! VOYEZ CE QUE VOTRE OR, VOS VILLAS, VOS ORGIES ONT FAIT DE VOUS ! DES DÉCADENTS !...
ZZZZ !
9A
...VOUS NE PENSEZ QU'À BOIRE ET À MANGER !
HMM ? C'EST SERVI ?
TU CROIS POUVOIR TRANSFORMER CES GAULOIS FOUS EN QUELQUE CHOSE QUI RESSEMBLE À ÇA ?
OUI CÉSAR !
ET CROIS-MOI, ILS AURONT AUTRE CHOSE À FAIRE QUE DE SE BATTRE !
MAIS IL ME FAUDRA DE L'OR... BEAUCOUP D'OR !
TU AS DES CRÉDITS ILLIMITÉS ! VA, SAUGRENUS !
9B

QUELQUES JOURS PLUS TARD, DANS LE CAMP DE BABAORUM...
OUI, C'EST UN GROS. IL SE PROMÈNE SOUVENT AVEC UN MENHIR SUR LE DOS ET UN PETIT CHIEN À SES TROUSSES...
SI TU VAS DANS LA FORÊT, TU RISQUES DE LE RENCONTRER... MÉFIE-TOI; MÊME LE PETIT CHIEN EST DANGEREUX!
J'Y VAIS. QUANT À VOUS AUTRES, NE SORTEZ PAS DU CAMP.
PAS DE DANGER. NOUS NE SORTIRONS QUE QUAND LA RELÈVE SERA LÀ.
PEU APRÈS...
TU AS FLAIRÉ QUELQUE CHOSE? ATTENDS, JE VAIS ALLER VOIR...
GRRRRRR!
?
OH, QUE C'EST BEAU CE QUE TU AS DERRIÈRE TOI!
DERRIÈRE MOI?
MAIS JE N'AI RIEN, DERRIÈRE MOI!
MAIS SI! CE MENHIR!
AH OUI, J'AVAIS OUBLIÉ... BEN OUI, C'EST UN MENHIR.
?
SUPERBE!

OÙ L'AS-TU TROUVÉ ?
JE NE L'AI PAS TROUVÉ ; JE L'AI FAIT. JE FAIS DES MENHIRS ET JE LES LIVRE.
ET TU EN LIVRES BEAUCOUP ?
AH NON. QUAND LES GENS EN ONT UN, ILS N'EN VEULENT PAS D'AUTRE. ÇA NE S'USE PAS VITE.
ÇA COÛTE COMBIEN ?
BEN JE NE SAIS PAS... D'HABITUDE JE L'ÉCHANGE CONTRE QUELQUE CHOSE D'AUTRE.
J'ACHÈTE. DEUX CENTS SESTERCES !
SESTERCES ?
MAIS OUI ! C'EST INTÉRESSANT D'AVOIR DE L'ARGENT. TU PEUX ACHETER DES TAS DE CHOSES À MANGER... TU SERAS L'HOMME LE PLUS RICHE DE TON VILLAGE, DONC, LE PLUS IMPORTANT.
TIENS.
C'EST UN PEU LOURD POUR MOI... VIENS LE LIVRER AU CAMP DE BABAORUM.
AU CAMP DE BABAORUM ?!?
NOOOOON ! JE NE SUIS PAS LÉGIONNAIRE, JE LOGE LÀ-BAS, C'EST TOUT ! JE SUIS ACHETEUR DE MENHIRS... VIENS, JE T'EXPLIQUERAI.
GRRRAAOOR !
UN ACHETEUR DE MENHIRS ET UN LIVREUR DE MENHIRS SONT FAITS POUR S'ENTENDRE...
LA VOILÀ !
LA RELÈVE ?
NON ! LA GROSSE BRUTE !

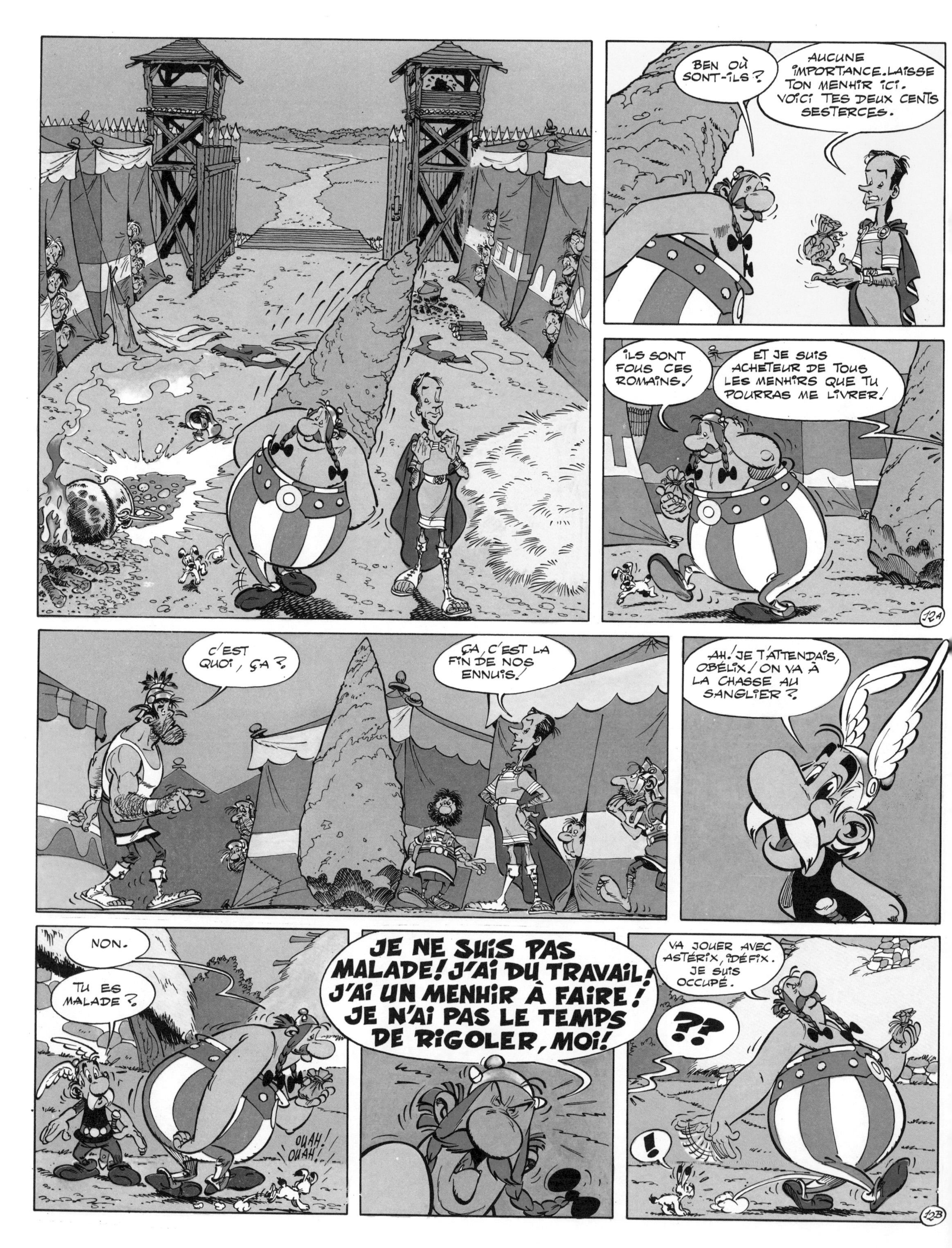
BEN OÙ SONT-ILS ?
AUCUNE IMPORTANCE. LAISSE TON MENHIR ICI. VOICI TES DEUX CENTS SESTERCES.
ILS SONT FOUS CES ROMAINS !
ET JE SUIS ACHETEUR DE TOUS LES MENHIRS QUE TU POURRAS ME LIVRER !
12A
C'EST QUOI, ÇA ?
ÇA, C'EST LA FIN DE NOS ENNUIS !
AH ! JE T'ATTENDAIS, OBÉLIX ! ON VA À LA CHASSE AU SANGLIER ?
NON.
TU ES MALADE ?
OUAH ! OUAH !
JE NE SUIS PAS MALADE ! J'AI DU TRAVAIL ! J'AI UN MENHIR À FAIRE ! JE N'AI PAS LE TEMPS DE RIGOLER, MOI !
VA JOUER AVEC ASTÉRIX, IDÉFIX. JE SUIS OCCUPÉ.
??
!
12B

LE LENDEMAIN
LA VOILÀ!
LA RELÈVE?
NON! LA GROSSE BRUTE!
PLANQUEZ-VOUS LES GARS!
IL N'Y A JAMAIS PERSONNE ICI?
QUELLE MERVEILLE! IL EST ENCORE PLUS BEAU QUE LE PREMIER!
VOICI QUATRE CENTS SESTERCES.
NON. DEUX CENTS.
LES PRIX ONT MONTÉ.
OÙ ÇA?
NON, NON... C'EST À CAUSE DE L'OFFRE ET DE LA DEMANDE... LE MARCHÉ... ENFIN, C'EST COMPLIQUÉ, MAIS LES PRIX MONTENT TOUT LE TEMPS.
ET N'OUBLIE PAS! JE SUIS TOUJOURS ACHETEUR DE TOUT CE QUE TU POURRAS ME LIVRER!
SNIFF! SNIFF!
ASTÉRIX!
OUI?
J'AI FAIM. TU NE POURRAIS PAS...
QUAND TU SERAS MOINS OCCUPÉ, TU POURRAS RETOURNER CHASSER LE SANGLIER. IL Y EN A PLEIN LA FORÊT.
SCRONTCH
GRRRRR!

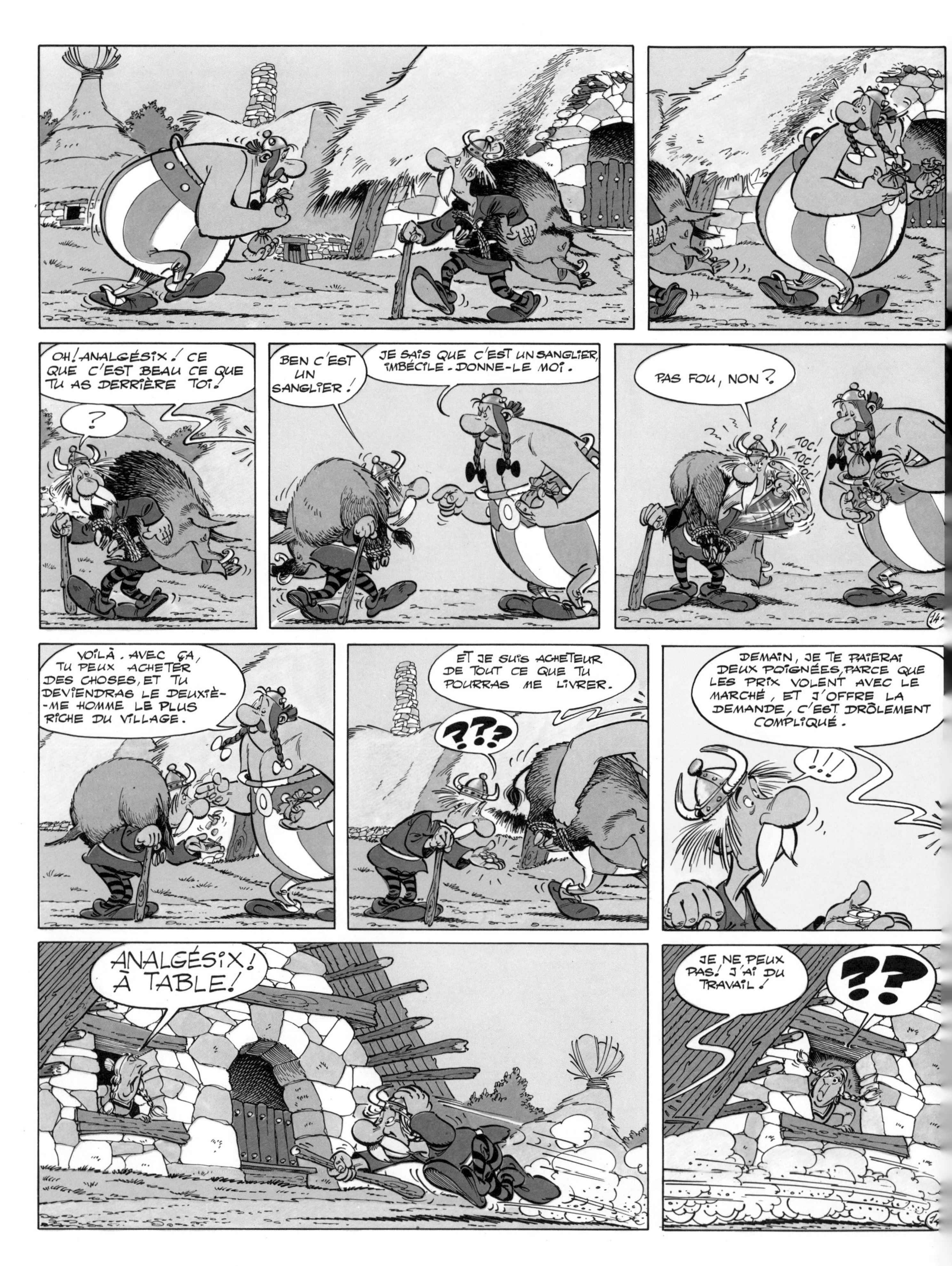
OH! ANALGÉSIX! CE QUE C'EST BEAU CE QUE TU AS DERRIÈRE TOI!
?
BEN C'EST UN SANGLIER!
JE SAIS QUE C'EST UN SANGLIER, IMBÉCILE - DONNE-LE MOI.
PAS FOU, NON?
TOC! TOC! TOC!
VOILÀ. AVEC ÇA, TU PEUX ACHETER DES CHOSES, ET TU DEVIENDRAS LE DEUXIÈ-ME HOMME LE PLUS RICHE DU VILLAGE.
ET JE SUIS ACHETEUR DE TOUT CE QUE TU POURRAS ME LIVRER.
???
DEMAIN, JE TE PAIERAI DEUX POIGNÉES, PARCE QUE LES PRIX VOLENT AVEC LE MARCHÉ, ET J'OFFRE LA DEMANDE, C'EST DRÔLEMENT COMPLIQUÉ.
!!!
ANALGÉSIX! À TABLE!
JE NE PEUX PAS! J'AI DU TRAVAIL!
??

C'EST L'LIVREUR D'MENHIRS !
HUIT CENTS SESTERCES.
AH ? L'OFFRE DEMANDÉE A ENCORE FAIT SAUTER LES PRIX EN L'AIR DEPUIS LE MARCHÉ D'HIER ?
HMM ?... AH OUI... MAIS IL Y A UN PROBLÈME : TU M'APPORTES LES MENHIRS UN PAR UN... ET J'AI BESOIN DE BEAUCOUP DE MENHIRS...
JE NE PEUX PAS FAIRE PLUS VITE. C'EST PARCE QUE JE SUIS TOMBÉ DANS LA MARMITE DE POTION MAGIQUE QUAND J'ÉTAIS PETIT QUE JE PEUX EN FAIRE UN PAR JOUR...
DOMMAGE...
SI TU NE PEUX PAS AUGMEN-TER LA PRODUCTION, L'OFFRE NE POUVANT SATISFAIRE LA DEMANDE, ÇA RISQUE DE FAIRE CHUTER LES COURS.
15A
EEEH ?
SI TOI PAS POUVOIR FAIRE PLUS DE MENHIRS, MOI Y EN A DONNER MOINS DE SESTERCES. TOI Y EN A COMPRIS ?
ASTÉRIX ! TU NE VEUX PAS M'AIDER À FAIRE DES MENHIRS ?
?
BEN OUI. SI LA DEMANDE OFFRÉE DE LA PRODUCTION SATISFAITE J'EN FAIS PAS ASSEZ, ALORS ÇA VA FAIRE CHUTER LES SESTERCES DANS LA COUR.
EH ?
TOI Y EN A COMPRIS ?
TOC ! TOC ! TOC !
15B

BEN ALORS? TU NE VEUX PAS?
PSSS.
VOILÀ LE SANGLIER!
ET N'OUBLIE PAS LE COUP DES PRIX QUI SAUTENT PAR-DESSUS LE MARCHÉ! ÇA FAIT DEUX POIGNÉES.
TU NE VEUX PAS M'AIDER À FAIRE DES MENHIRS?
EH?
JE TE DONNERAI DES TAS ET DES TAS DE SESTERCES, PARCE QUE SI TOI ET MOI Y EN A FAIRE DES MENHIRS, L'OFFRE VA Y EN ÊTRE BEAUCOUP DEMANDÉE
TOI Y EN A COMPRIS?
MOI Y EN A COMPRIS, MAIS QUI Y EN A CHASSER SANGLIER ALORS?
ÇA Y EN A JUSTE...
GRATT! GRATT!
DIS, POUR-QUOI TOI Y EN A PARLER COMME ÇA?
HMM?...OH, C'EST LE LANGAGE DES HOMMES D'AFFAIRES.
JE SAIS! ON VA ENGAGER UN CHASSEUR DE SANGLIERS À TA PLACE!
DEUX CHASSEURS, PUISQUE NOUS SERONS DEUX À FAIRE DES MENHIRS!
MONOSYLLABIX! PETITÉLÉGRAFIX!

À MILLE SESTERCES LE MENHIR, ÇA NOUS FAIT DONC DEUX MILLE SESTERCES !
TOI Y EN A COMPTER VITE !
MOI Y EN A ÊTRE HABITUÉ ; MOI Y EN A APPRIS BEAUCOUP DE CHOSES DANS GRANDE ÉCOLE.
ÇA Y EN A ÊTRE MIEUX, MAIS ÇA Y EN A PAS ENCORE ASSEZ. TOI Y EN A FAIRE PLUS !
PLUS ?
17A
JE NE COMPRENDS PAS TA TACTIQUE ; QUE VAS-TU FAIRE DE TOUS CES MENHIRS ?
TOI Y EN A PAS CASSER LA TÊTE...
VENI, VIDI, ET Y EN A VICI.
JE ME DEMANDE SI TU NE TRAVAILLES PAS TROP...
PEU
PRÈS...
VOICI LES SANGLIERS ; ÇA NOUS FAIT DEUX FOIS TROIS POIGNÉES.
OUAIS, TU NOUS DOIS DONC, EN-VIRON, QUATRE OU CINQ POIGNÉES.
VOUS NE VOULEZ PAS TRAVAILLER AVEC MOI POUR FAIRE DES MENHIRS ?
BEN OUI...
...MAIS QUI CHASSERA LES SANGLIERS À NOTRE PLACE ?
C'EST JUSTE
LINGUISTIX ! ARRIERBOUTIX ! HARENBALTIX ! CHOUCROUTGARNIX !
17B

IL NE FAUT PAS T'INQUIÉTER POUR OBÉLIX; IL EST UN PEU FOU EN CE MOMENT, MAIS ÇA LUI PASSERA.
TU SAIS CE QUE NOUS ALLONS FAIRE? NOUS ALLONS CHASSER UN BEAU SANGLIER ET NOUS INVITERONS OBÉLIX À LE MANGER AVEC NOUS!
TIENS! EN VOILÀ UN JUSTEMENT! VIENS!
N'Y TOUCHE PAS! IL EST À MOI!
?
COMMENT À TOI? LES SANGLIERS SONT COMME LES ROMAINS; ILS SONT À TOUT LE MONDE!
LES ROMAINS OUI, MAIS PAS LES SANGLIERS!
NOUS SOMMES LES CHASSEURS D'OBÉLIX!
LUI Y EN A PAYER BEAUCOUP POIGNÉES POUR SANGLIERS!
PARFAITEMENT! TU NOUS GÊNES DANS NOTRE TRAVAIL ALORS... DU VENT!
GLOUP! GLOUP! GLOUP!
AH NON! AH NON! ÇA VAUT PAS!
ÇA VAUT P...
SLONK!

QUE S'EST-IL PASSÉ PAR TOUTATIS ?
?
LE CIEL Y EN A TOMBÉ SUR NOS TÊTES !
NOUS ALLONS DIRE DEUX MOTS À OBÉLIX !
CARRIÈRE OBÉLIX ATTENTION SORTIE DE MENHIRS
TU ES DEVENU FOU, OU QUOI?!
MAIS NON... LE MENHIR N'A JAMAIS AUSSI BIEN MARCHÉ, ALORS, J'EN PROFITE. JE SUIS EN TRAIN DE DEVENIR L'HOMME LE PLUS IMPORTANT DU VILLAGE.
CARRIÈRE OBÉLIX ATTENTION SORTIE DE MENHIRS
ET TU NE PRÉFÈRES PAS PLUTÔT CHASSER LE SANGLIER ET RIGOLER AVEC LES COPAINS COMME AVANT ?
MAIS OUI, QUAND J'AURAI VENDU DES TAS DE MENHIRS, JE POURRAI CHASSER LE SANGLIER COMME AVANT...
VIENS, IDÉFIX ! NOUS N'AVONS PLUS RIEN À DIRE À L'HOMME LE PLUS IMPOR-TANT DU VILLAGE !
TRAVAILLE AVEC MOI, ASTÉRIX, ET DANS QUELQUES ANNÉES, NOUS...
OUAILLE !
IDÉFIX M'A MORDU !

TOUT ÇA NE ME SEMBLE PAS BIEN GRAVE...
CE QUI M'INQUIÈTE PLUS, C'EST LA PASSION SOUDAINE DES ROMAINS POUR LES MENHIRS...
CE N'EST PAS MAL, MAIS IL FAUT QUE JE TE PARLE... JE T'INVITE À UN DÉJEUNER D'AFFAIRES.
ÇA TOMBE BIEN, MES CHASSEURS ONT ÉTÉ RETARDÉS DANS LA FORÊT AUJOURD'HUI.
LA PRODUCTION A AUGMENTÉ, MAIS TU AS TOUJOURS UN PROBLÈME DE LIVRAISON. TES CIRCUITS DE DISTRIBUTION SONT À REVOIR.
EH?
AH OUI, PARDON... TOI Y EN A PAS APPORTER ASSEZ DE MENHIRS À LA FOIS. TOI Y EN A DEVOIR TE DÉBROUILLER VITE VITE.
C'EST QUE MOI Y EN A PAS TROUVER BONS LIVREURS DE MENHIRS...
PENSES-Y. ÉCOUTE: TU Y RÉFLÉCHIS, ON SE RAPPELLE ET ON DÉJEUNE. D'ACCORD?
AUTRE CHOSE: TU DEVRAIS COMMENCER À DÉPENSER TES SESTERCES; TU N'ES PAS HABILLÉ CONVENABLEMENT...
POURQUOI? QU'EST-CE QU'ELLES ONT MES BRAIES?
CETTE TENUE NE CONVIENT PAS À UN HOMME QUI A PRIS UNE PLACE AUSSI IMPORTANTE DANS LE MENHIR.
AH BON?

AGECANONICHOU ! LE MARCHAND AMBULANT EST ARRIVÉ !
CESSE DE PROTESTER ! POUR UNE FOIS QUE LE MARCHAND VIENT, TU PEUX BIEN ME DÉPOSER AVEC LE PAVOIS !
MAIS ENFIN MIMINE, C'EST UN PAVOIS DE FONCTION !
APPROCHEZ, APPROCHEZ ! J'AI DE LA SOIE DE LUGDUNUM*, DU VELOURS DE SAMAROBRIVA*, DES SABLIERS DE VESONTIO*!...
CHEZ UNIPRIX TOUT POUR TOUS POUR RIEN
*LYON *AMIENS *BESANÇON
C'EST LA DERNIÈRE MODE. DE LUTÈCE... PAS CHER.
JE PEUX, AGECANONICHET ?
MAIS OUI, MAIS OUI !
QU'EST-CE QUE TU EN PENSES ?
OH OUI, ÇA AMINCIT.
ON PEUT PAYER EN POISSONS ?
FRANCHEMENT, JE PRÉFÈRE DE L'ARGENT FRAIS.
J'ACHÈTE TOUT !
?!
?!
?!
?!
?!
?!
?!
?!
21

CHEZ UNIPRIX
TOUT POUR TOUS POUR RIEN
TU... TU VEUX ACHETER TOUT LE CONTENU DE MON CHARIOT?
LE CONTENU, LE CHARIOT ET LES BOEUFS.
ÇA Y EN ÊTRE ASSEZ?
EH?
OH OUI, ÇA Y EN ÊTRE... MAIS... MAIS SI JE TE VENDS MON CHARIOT ET MES BOEUFS, JE PERDS MON GAGNE-SANGLIER.
EH BIEN, TU TRAVAILLERAS POUR MOI. VIENS, ON DÉJEUNE ET ON EN PARLE.
EH?
TOI VENIR, TOI Y EN A MANGER AVEC MOI, MOI EXPLIQUER À TOI.
!
POUR POUR
EXCUSEZ-MOI...
!
...LE PATRON A TOUT ACHETÉ.
ET TOI TU NE DIS RIEN?
EH?
TOI Y EN A MINABLE!

PAR JUPITER ! REGARDEZ !
OBELIX ET COMPAGNIE
PARFAIT ! TRÈS BIEN ! VIENS DANS MA TENTE, NOUS ALLONS FAIRE LES COMPTES; LE COURS DU MENHIR A ENCORE MONTÉ.
MAIS IL FAUT QUE JE DÉCHARGE LES MENHIRS QUI SONT DANS LE CHARIOT...
NON, NON, NON. CE N'EST PAS LE TRAVAIL D'UN CHEF D'ENTRE-PRISE, ÇA.
DÉCHARGEZ LES MENHIRS, VOUS AUTRES !
EH ?
23A
VOUS Y EN A DÉCHARGER LES MENHIRS !
VOUS Y EN A S'ENGAGER, VOUS Y EN A SE RENGAGER, EUX DIRE...
CRAAC !
PEU APRÈS...
BONJOUR OBÉLIX !
JE VOULAIS TE FÉLICITER; TU ES DEVENU L'HOMME LE PLUS IMPORTANT DU VILLAGE !
AH ?... EUH... OUI...
À PROPOS... TU POURRAIS ME RENDRE UN SERVICE ?
MAIS OUI...
23B

POM, POM, POM!
LA SOUPE N'EST PAS PRÊTE, POUSSIN?
NON, ELLE N'EST PAS PRÊTE! TU N'AS QU'À LA FAIRE TOI-MÊME. JE SUIS OCCUPÉE.
OCCUPÉE À QUOI, MA CAILLE?
OBÉLIX M'A DEMANDÉ DE LUI COUDRE DES VÊTEMENTS; IL ME PAIERA BIEN POUR CE TRAVAIL...
JE N'AI PLUS RIEN À ME METTRE! COMME JE NE PEUX PAS COMPTER SUR TOI, IL FAUT BIEN QUE JE TROUVE LE MOYEN DE GAGNER UN PEU D'ARGENT!
UN PEU PLUS TARD...
DEPUIS QUE CE GROS IMBÉCILE D'OBÉLIX FAIT FORTUNE AVEC SES MENHIRS, MA FEMME ME TANCE VERTE-MENT! ÇA NE PEUT PLUS DURER!
DU CALME. OBÉLIX C'EST MON COPAIN, APRÈS TOUT.
EH BIEN MA FEMME LUI FAIT LES YEUX DOUX À TON COPAIN!
C'EST INCROYA-BLE, ELLE QUI N'A JAMAIS REGARDÉ UN AUTRE HOMME QUE MOI!
INCROYABLE, EN EFFET... JE ME SUIS SOUVENT POSÉ LA QUESTION...
ALORS, QU'EST-CE QUE JE FAIS, MOI?
NE FAIS RIEN. JE VAIS ESSAYER DE PARLER À OBÉLIX.
TU AS INTÉ-RÊT, SINON JE VAIS LUI FAIRE AVALER MA CANNE À TON COPAIN!!

?!?
?!?
WIRF! WIRF! WIRF!
HAHAHA! HAHA!
BEN, QU'EST-CE QU'IL Y A ?
COMME TE VOILÀ BEAU OBÉLIX !
OUI N'EST-CE PAS? IL PARAIT QUE QUAND ON EST IMPORTANT DANS LE MENHIR IL FAUT ÊTRE BIEN HABILLÉ.
HARRF! HARRF!
À PROPOS DE MENHIRS, TU NE CROIS PAS QUE LA PLAISANTERIE A ASSEZ DURÉ ?
ÉCOUTE, JE SUIS PRESSÉ... SI TU VEUX, UN DE CES JOURS ON S'APPELLE ET ON DÉJEUNE.
OBÉLIX, OBÉLIX! TOUJOURS OBÉLIX! J'EN AI ASSEZ D'OBÉLIX!
TU EN AS PEUT-ÊTRE ASSEZ, MAIS J'AVAIS TROUVÉ UN TISSU AMINCISSANT ET C'EST OBÉLIX QUI L'A EU ! C'EST DEVENU QUELQU'UN, OBÉLIX !
C'EST DE MA FAUTE, À MOI, SI LES MENHIRS SE VENDENT MIEUX QUE LES POISSONS EN CE MOMENT ?
?
EH BIEN, TU N'AS QU'À FAIRE DES MENHIRS.

FAIRE DES MENHIRS ? MAIS JE NE SAIS PAS FAIRE DES MENHIRS, MOI !
OH, IL NE FAUT PAS ÊTRE GRAND DRUIDE POUR APPRENDRE.
C'EST QU'UN MENHIR C'EST PLUS LOURD QU'UN HARENG. OBÉLIX, LUI, IL EST FORT !
J'EN AI ASSEZ D'OBÉLIX ! QUAND ON PEUT PORTER UN HARENG, ON PEUT PORTER UN MENHIR !
C'EST TRÈS JUDICIEUX, ÇA, ORDRALFABÉTIX.
ALORS, TU LUI AS PARLÉ À TON GROS IMBÉCILE DE COPAIN ?
J'AI UNE MEILLEURE IDÉE : TU VAS LE BATTRE EN UTILISANT SES PROPRES ARMES. TU VAS FAIRE DES MENHIRS !
DES MENHIRS ?
C'EST QUE...
NE T'INQUIÈTE PAS ; JE M'OCCUPE DE TOUT.
OHO ! JE VOIS DANS TON OEIL QUE TU AS TROUVÉ UNE IDÉE !
OUI ! LES ROMAINS VEULENT DES MENHIRS, NOUS ALLONS LEUR EN DONNER !
ES-TU D'ACCORD POUR DONNER DE LA POTION MAGIQUE À TOUS CEUX QUI VOUDRONT FABRIQUER DES MENHIRS ?
MAIS BIEN SÛR ! NOUS ALLONS FAVORISER L'INDUS-TRIE DU MENHIR ! NOTRE VILLAGE DEVIENDRA LE PLUS GROS PRODUCTEUR DE MENHIRS DE TOUT LE MONDE ANTIQUE !
ET LE PLUS DRÔLE C'EST QU'ON NE SAIT TOUJOUR PAS À QUOI PEUT BIEN SERVIR UN MENHIR !

ET, DÈS LE LENDEMAIN...
?
QU'EST-CE QUE C'EST QUE ÇA?
DRÔLE DE QUESTION VENANT DE TOI. C'EST UN MENHIR.
TU PORTES DES MENHIRS, TOI?
POURQUOI PAS? CE N'EST PAS PLUS LOURD QU'UN HARENG.
ÇA ALORS!...
OÙ EST CÉTAUTOMATIX?
IL EST ALLÉ LIVRER SES MENHIRS!
CÉTAUTOMATIX
LES MEILLEURS MENHIRS DU VILLAGE
LIVRER SES...? MAIS C'EST MOI QUI...
ÉCARTEZ-VOUS!
AGECANONIX
MENHIRS FINS
!?!

ÇA Y EN A COMMENCÉ À BIEN FAIRE!
TOI Y EN A DIT BOUFFI!
EH, LES MECS! V'LÀ UN AUT' TYPE!
JE TROUVE QUE TA SENTINELLE A UNE FAÇON DE MOINS EN MOINS MILITAIRE DE PARLER.
TU AS DU CULOT! DEPUIS QUE TU ES ARRIVÉ ICI, MES LÉGIONNAIRES, S'EXPRIMENT D'UNE DRÔLE DE FAÇON...
...LEUR NIVEAU INTELLECTUEL N'ÉTAIT DÉJÀ PAS TERRIBLE, MAIS...
IL PARAIT QU'ON ACHÈTE DES MENHIRS ICI?
CERTAINEMENT. ON VA T'AIDER À LES DÉCHARGER, NOBLE VIEILLARD.
VIEILLARD? TU VAS VOIR SI JE SUIS UN VIEILLARD, ROMAIN!
OÙ LES METS-JE?
?!?
EH, LES COCOS! Y A UN AUT' RIGOLO!
PCHIIIT!
ORDRALFABETIX MENHIRS FRAIS
ILS COMMENCENT À M'AGACER TES GAULOIS ET TES MENHIRS!!!

ALORS, OÙ VEUX-TU EN VENIR AVEC TOUS CES MENHIRS ?
JE NE VEUX PAS EN VENIR ; JE TE L'AI DÉJÀ DIT : JE SUIS VENU ET J'AI VAINCU !
TOUS CES GAULOIS UTILISENT LEUR FORCE MAGIQUE À FAIRE DES MENHIRS PLUTÔT QU'À TAPER SUR NOS LÉGIONNAIRES...
ILS SONT VAINCUS PAR L'APPÂT DU GAIN. L'OR, LE LUXE VONT LES AFFAIBLIR. QU'EN PENSES-TU ?
OUAIS... PEUT-ÊTRE...
MAIS VIENS VOIR...
QU'ALLONS NOUS FAIRE DE TOUS CES MENHIRS ?
REDDE CAESARI QUAE SUNT CAESARIS.
EH ?
Y EN A RENDRE À CÉSAR CE QUI Y EN A APPARTENIR À CÉSAR.
NE ME PARLE PAS COMME ÇA ! TES MENHIRS SONT EN TRAIN DE RAMOLLIR TOUT LE MONDE !
CÉSAR A PAYÉ POUR CES MENHIRS, IL EST JUSTE QUE J'AILLE LES LUI PORTER. PENDANT MON ABSENCE, CONTINUE À ACHETER DES MENHIRS EN AUGMENTANT LES PRIX. SI VIS PACEM, ACHÈTE DES MENHIRS !
29

QUE NOUS VEUT NOTRE CHEF ?
NOUS VERRONS BIEN.
?
QUE LUI EST-IL ARRIVÉ ?
IL A VOULU TRAVAILLER DANS LA CARRIÈRE DE CÉTAU-TOMATIX, MAIS COMME IL A LA MANIE DE CHANTER EN TRAVAIL-LANT, CÉTAUTOMATIX L'A REMERCIÉ.
JE VOUS AI DEMANDÉ DE VENIR PARCE QUE VOUS ME SEMBLEZ LES DERNIERS SENSÉS DU VILLAGE...
ILS SONT TOUS DEVENUS FOUS! LA MOITIÉ CHASSE DES SANGLIERS POUR NOURRIR L'AUTRE MOITIÉ QUI FAIT DES MENHIRS! QU'EST-CE QUE C'EST QUE CETTE HISTOIRE?
NE T'INQUIÈTE PAS, Ô CHEF!
OH, MOI JE NE M'INQUIÈTE PAS...
...JE SAIS DEPUIS LONGTEMPS QU'ILS SONT TOUS DINGUES... MAIS C'EST BONEMINE QUI ME DIT QUE JE DEVRAIS FAIRE DES MENHIRS...
...ELLE N'OSE PLUS SE MONTRER DEVANT SES AMIES... LEURS MARIS SONT PLEINS DE SESTERCES...
SOIS PATIENT...
LES ROMAINS NE SONT PAS AU BOUT DE LEURS PEINES. ILS VONT SE CASSER LES DENTS SUR NOS MENHIRS!
HOHOHO! HOHOHO!
DINGUES AUSSI!...
WARF! WARF! WARF!
PAF! PAF! PAF!

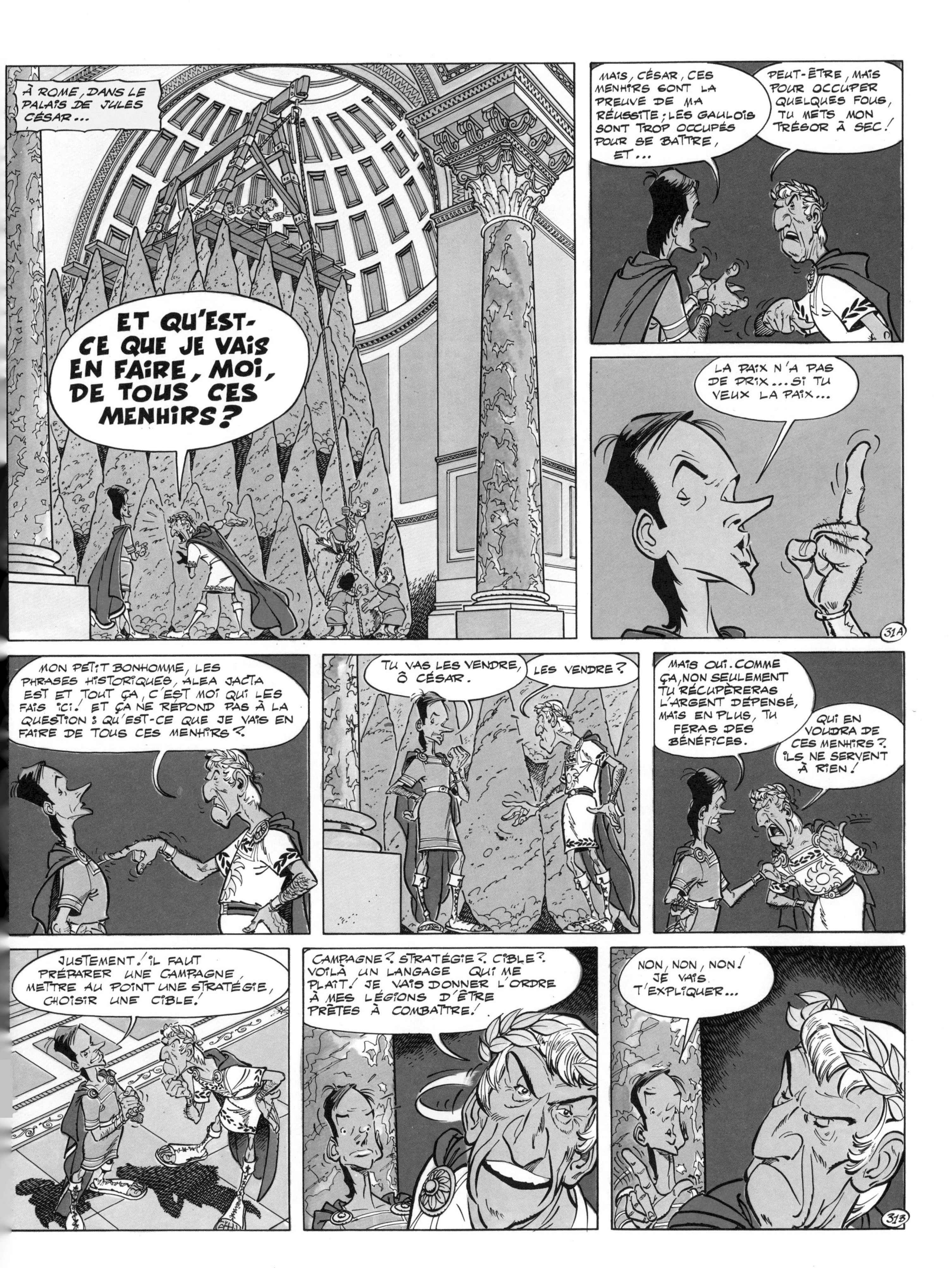
À ROME, DANS LE PALAIS DE JULES CÉSAR...
ET QU'EST-CE QUE JE VAIS EN FAIRE, MOI, DE TOUS CES MENHIRS?
MAIS, CÉSAR, CES MENHIRS SONT LA PREUVE DE MA RÉUSSITE; LES GAULOIS SONT TROP OCCUPÉS POUR SE BATTRE, ET...
PEUT-ÊTRE, MAIS POUR OCCUPER QUELQUES FOUS, TU METS MON TRÉSOR À SEC!
LA PAIX N'A PAS DE PRIX... SI TU VEUX LA PAIX...
31A
MON PETIT BONHOMME, LES PHRASES HISTORIQUES, ALEA JACTA EST ET TOUT ÇA, C'EST MOI QUI LES FAIS ICI! ET ÇA NE RÉPOND PAS À LA QUESTION : QU'EST-CE QUE JE VAIS EN FAIRE DE TOUS CES MENHIRS?
TU VAS LES VENDRE, Ô CÉSAR.
LES VENDRE?
MAIS OUI. COMME ÇA, NON SEULEMENT TU RÉCUPÉRERAS L'ARGENT DÉPENSÉ, MAIS EN PLUS, TU FERAS DES BÉNÉFICES.
QUI EN VOUDRA DE CES MENHIRS? ILS NE SERVENT À RIEN!
JUSTEMENT! IL FAUT PRÉPARER UNE CAMPAGNE, METTRE AU POINT UNE STRATÉGIE, CHOISIR UNE CIBLE!
CAMPAGNE? STRATÉGIE? CIBLE? VOILÀ UN LANGAGE QUI ME PLAÎT! JE VAIS DONNER L'ORDRE À MES LÉGIONS D'ÊTRE PRÊTES À COMBATTRE!
NON, NON, NON! JE VAIS T'EXPLIQUER...
31B

CE QUI VA SUIVRE SERA DIFFICILEMENT COMPRÉHENSIBLE POUR CEUX QUI NE SONT PAS FAMILIARISÉS AVEC LE MONDE DES AFFAIRES ANTIQUES. D'AUTANT PLUS QUE, DE NOS JOURS, TOUT CECI EST IMPENSABLE, PUISQUE PERSONNE N'ESSAIERAIT DE VENDRE QUELQUE CHOSE DE COMPLÈTEMENT INUTILE...

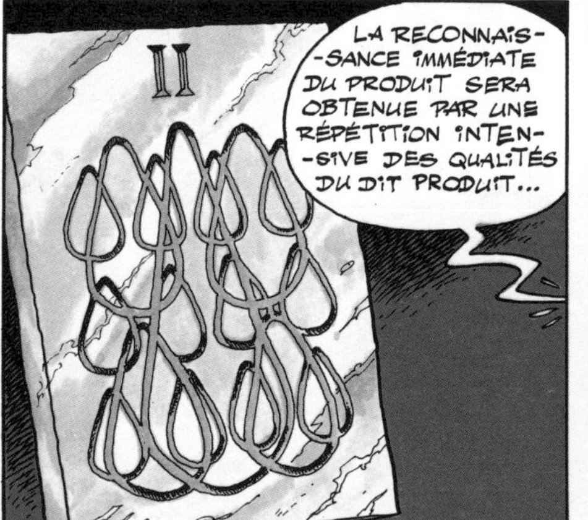

QUELQUES JOURS PLUS TARD, SUR TOUS LES MURS DE ROME...
VOTRE PLVS CHER DESIR... VN MENHIR
DV BEAV, DV GROS, DV MENHIR
EN VENTE DANS TOVS LES BONS TEMPLES THERMES ET FORVMS
VOVS AVEZ VNE VILLA, VN CHAR, DES ESCLAVES, MAIS...
AVEZ-VOVS VN MENHIR?
...ET, CHERS AMIS, EN ATTENDANT LA SUITE DU SPECTACLE, UN PETIT INTERMÈDE!...
JE ME SENS RAJEUNIR
PARCE QUE J'AI UN MENHIR
SI VOUS VOULEZ UN BEL AVENIR
ACHETEZ UN MENHIR...
MENHIR, MENHIR...
TU SAIS, NOS VOISINS, LES INCONGRUS, ONT DÉJÀ ACHETÉ UN MENHIR; ILS EN SONT TRÈS CONTENTS!
?
MENHIIIIIIR!
ET LES RÉSULTATS DE LA CAMPAGNE PUBLICITAIRE NE SE FONT PAS ATTENDRE...
C'EST UN SUCCÈS! LES MENHIRS S'EN-LÈVENT COMME DES PETITS PAINS!

J'AI EU DE NOUVELLES IDÉES, CÉSAR!
DES TOGES!...
DES CADRANS SOLAIRES!
VI
VII
VIII
IX
X
XI
XII
I
II
III
IV
V
VI
DES BIJOUX!...
CETTE BOITE PORTERA L'INSCRIP-TION: "FAITES VOTRE MENHIR VOUS-MÊME!"
NON SEULEMENT NOUS AVONS LA PAIX AVEC LES GAULOIS, MAIS EN PLUS, NOUS ALLONS NOUS ENRI-CHIR GRÂCE À EUX!
34
JE SUIS CONTENT DE TOI, PAR JUPITER!
NOUS DEVRIONS FABRIQUER DES MENHIRS DANS DES MATÉRIAUX MOINS SOLIDES; LE CÔTÉ INUSABLE N'EST PAS IDÉAL POUR LES AFFAIRES, ET...
CÉSAR!
VOIS CE QUI EST AFFICHÉ DEPUIS CE MATIN PARTOUT DANS ROME!
?!
-MENHIR NATIONAL-
MOINS CHER QVE LE MENHIR IMPORTÉ
ACHETEZ ROMAIN
-MALENTENDVS - FABRICANT-
QU'ON AILLE ME CHERCHER CE MALENTENDUS!
34B

PEU APRÈS...
QU'EST-CE QUE C'EST QUE CETTE HISTOIRE, MALENTENDUS? DEPUIS QUAND LES ROMAINS FABRIQUENT-ILS DES MENHIRS?
DEPUIS QUE LES GENS EN ACHÈTENT, Ô CÉSAR.
EH BIEN, JE T'INTERDIS DE CONTINUER À VENDRE DES MENHIRS.
JE REPRÉSENTE L'ENSEMBLE DE L'INDUSTRIE DU MENHIR ROMAIN, ET JE NE PEUX PAS ACCEPTER UNE DÉCISION QUI RISQUE DE PRIVER DE TRAVAIL TOUTE UNE CATÉGORIE DE TRAVAILLEURS.
MAIS CE SONT DES ESCLAVES!
JUSTEMENT! LE TRAVAIL EST LE SEUL DROIT QUE POSSÈDE L'ESCLAVE; ON NE PEUT PAS LUI ENLEVER CE DROIT!
SI TU VENDS DES MENHIRS, TU TE RETROU--VERAS AU CIRQUE!
BIEN. JE SAIS CE QUI ME RESTE À FAIRE.
35A
LE LENDEMAIN, SUR LA VOIE APPIENNE...
DV TRAVAIL POVR NOS ESCLAVES
NON AV MENHIR GAVLOIS
35B

IL FAUT AVOUER QUE LES FABRICANTS ROMAINS ONT SU TOUCHER L'OPINION... JE PENSE, Ô CÉSAR, QUE TU DEVRAIS LEVER TON INTERDICTION...
BIEN SÛR! JE NE VAIS PAS RISQUER UNE GUERRE CIVILE À CAUSE DE TES IMBÉCILES DE MENHIRS!
SEULEMENT, NOUS ALLONS AVOIR DU MAL À ÉCOULER NOS MENHIRS GAULOIS...
IL FAUT PASSER À L'OFFENSIVE!
QUE L'ON CONVOQUE MES LÉGIONS!
NON, NON! IL S'AGIT D'UNE OFFENSIVE SUR LES PRIX! IL FAUT FAIRE DE LA CONCURRENCE, VENDRE MEILLEUR MARCHÉ, FAIRE FLOTTER LE MENHIR!
BAISSE DV MENHIR GAVLOIS
DEVX MENHIRS ROMAINS POVR LE PRIX D'VN SEVL
A TOVT ACHETEVR D'VN MENHIR GAVLOIS, DEVX ESCLAVES PORTEVRS EN PRIME
MOINS CHER, PLVS AVANTAGEVX LE MENHIR ROMAIN SVPER-GEANT
AVEZ-VOUS ESSAYÉ LE MENHIR EGYPTIEN ?
LES PRIX BAISSENT! LES EGYPTIENS, LES GRECS, LES PHÉNICIENS NOUS ENVAHISSENT AVEC LEURS MENHIRS!
EN EFFET...
UTI, NON ABUTI. JE T'AVAIS DIT QUE LE BUTIN DEVIENDRAIT TROP LOURD POUR NOTRE BATEAU!
OUI! NOT'E AVIS NE COMPTE QUE POU' DU BEU''E!
EST-CE MA FAUTE À MOI SI TOUS LES NAVIRES QUE NOUS PILLONS NE SONT CHARGÉS QUE DE MENHIRS?

À ROME, C'EST LA CHUTE DU COURS DU MENHIR.
POUR CHAQUE ACHAT D'ESCLAVE II MENHIRS EN PRIME
MÊME EN SOLDE, LES GENS N'EN VEULENT PLUS... TANT PIS!... J'AI PERDU UNE FORTUNE, MAIS N'EN PARLONS PLUS...
C'EST QUE...
OUI?
EH BIEN VOILÀ, CÉSAR...
POUR PRÉSERVER LA PAIX EN GAULE, AVANT DE PARTIR, J'AI DONNÉ L'ORDRE DE CONTI-NUER À ACHETER DES MENHIRS... EN AUGMENTANT LES PRIX.
QUOI? TU SAIS DANS QUEL ÉTAT SONT MES FINANCES? TU VAS FILER EN GAULE ARRÊTER LE MASSACRE!!!
EUH... ON NE POURRAIT PAS ENVOYER QUELQU'UN D'AUTRE? J'AI UN CAMARADE DE PROMOTION QUI...
TU VAS Y ALLER TOI-MÊME, IMBÉCILE!! C'EST À CAUSE DE TOI QUE J'AI FAILLI AVOIR UNE GUERRE CIVILE ET QUE ROME EST PRESQUE RUINÉE! MÊME BRUTUS ME REGARDE D'UN SALE OEIL!!!
MAIS... MAIS ILS VONT ME MASSACRER!
CE MASSACRE-LÀ NE ME DÉRANGE PAS!
DE TOUTE FAÇON, SI TU N'Y VAS PAS, JE TE FAIS MASSACRER DANS LE CIRQUE!!!
CIMETIÈRE DE MENHIRS

LA CRISE MONDIALE DU MENHIR N'A PAS ENCORE TOUCHÉ LE VILLAGE GAULOIS.
ASTÉRIX! IDÉFIX!
?!
DIS... JE PEUX ALLER CHASSER LE SANGLIER AVEC VOUS?
COMMENT? UN HOMME AUSSI IMPOR-TANT QUE TOI? TU N'AS PAS UN DÉJEUNER? UN RENDEZ-VOUS D'AFFAIRES?
NE TE MOQUE PAS DE MOI. J'AI ÉTÉ BÊTE. JE M'ENNUIE ET J'EN AI ASSEZ. TOUT LE MONDE A PLEIN DE SESTERCES, TOUT LE MONDE EST DEVENU L'HOMME LE PLUS IMPORTANT DU VILLAGE!
JE VEUX QU'ON REDE-VIENNE COPAINS! JE VEUX CHASSER DES SANGLIERS! JE VEUX RIGOLER DE NOUVEAU!..
BEUUUH!
TU CROIS QUE C'EST UNE TENUE POUR CHASSER LE SANGLIER, ÇA?
SNIF... HMM?
JE REVIENS!
HÉ, HÉ!

LE CAMP DE BABAORUM...
LE POTE SAUGRENUS EST DE RETOUR, LES COCOS!
AVE SAUGRENUS! J'AI SUIVI TES INSTRUCTIONS; NOUS AVONS UN STOCK ÉNORME DE MENHIRS...
J'ESPÈRE QUE TU APPORTES DES SESTERCES, PARCE QUE...
V'LÀ ENCORE UN COMIQUE, LES ZIGS!
ORDRALFABETIX MENHIRS FRAIS
VOICI ENCORE DES MENHIRS. TES LÉGION-NAIRES PEUVENT LES DÉCHARGER.
NON. REMPORTE-LES!
!
39A
COMMENT?
JE N'ACHÈTE PLUS DE MENHIRS.
MAIS QU'EST-CE QUE JE VAIS EN FAIRE, MOI?...SI JE TE LES VENDAIS MOINS CHER?
NOOON!
FINI LES MENHIRS! FINI! DEHORS!
AH BEN ÇA ALORS!...
JE NE COMPRENDS PAS TRÈS BIEN TA NOUVELLE TACTIQUE...
IL N'Y A PAS DE TACTIQUE; ON N'ACHÈTE PLUS DE MENHIRS, VOILÀ TOUT!
BON. JE M'EN VAIS. AVE!
?!
MAIS NON, MAIS NON, MAIS NON. TU VAS RESTER ICI JUSQU'À CE QUE JE COMPRENNE BIEN LA SITUATION.
39B

ORDRALFABÉTIX MENHIRS FRAIS
ILS N'ACHÈTENT PLUS DE MENHIRS!!!
!
TU VEUX DIRE QU'ILS N'ACHÈTENT PLUS TES MENHIRS!
POURQUOI MES MENHIRS JE VOUS PRIE?
PARCE QUE MES MENHIRS À MOI NE SENTENT PAS LE POISSON FAISANDÉ... JE VAIS D'AILLEURS ALLER LES LIVRER. TU VERRAS S'ILS N'ACHÈTENT PAS DE MENHIRS!
?
QU'EST-CE QUI SE PASSE?
OH, RIEN.
TU ES PRÊT?
OH OUI!
ALLONS-Y! AVEC TOUS CES CHASSEURS QU'IL Y A DANS LES BOIS, CES JOURS-CI, IL FAUT ALLER LOIN POUR TROUVER DES SANGLIERS!
UN PEU PLUS TARD...
CÉTAUTOMATIX MENHIRS DU JOUR
MÊME DES MIENS ILS N'EN VEULENT PLUS!!!
À LIVRER
!

LE ROMAIN M'A DIT QU'IL NE VOULAIT PLUS VOIR DE MENHIRS ! PLUS JAMAIS !
HA !
MAIS, MAIS, MAIS... QU'EST-CE QUE JE VAIS DEVENIR, MOI ? COMMENT JE VAIS FAIRE POUR PAYER TOUS CEUX QUI TRAVAILLENT POUR MOI ?
EH BIEN TANT MIEUX ! COMME ÇA JE POURRAI PEUT-ÊTRE RÉCUPÉRER MES PORTEURS !
REGARDEZ !
41A
OBÉLIX A CESSÉ DE FAIRE DES MENHIRS !
IL SAVAIT DONC QUE LES ROMAINS N'EN ACHÈTERAIENT PLUS ET IL N'A PAS PRÉVENU LES COPAINS !
C'EST POURTANT À CAUSE DE LUI QUE NOUS NOUS SOMMES TOUS MIS À FAIRE DES MENHIRS !
C'EST UN TRAÎTRE !
TOUT ÇA EST DE SA FAUTE !
IL MÉRITE UNE COR-RECTION !
TIENS-MOI ÇA, ASTÉRIX !
AVEC PLAISIR.
VIENS IDÉFIX !
GRRROOAAARRR
41B

C'EST AGRÉABLE DE VOIR LE VILLAGE RETROUVER SES COUTUMES ANCESTRALES !
OUI, RIEN DE TEL QUE LE BON VIEUX TRAIN-TRAIN QUOTIDIEN.
TU AS BIEN TRAVAILLÉ ; JE SUIS CONTENT DE TOI.
ATTENDS ! NOUS ALLONS CONCLURE !
OH ! LES ENFANTS ! ÉCOUTEZ-MOI !
EXCUSEZ-MOI DE VOUS DÉRANGER, MAIS, SI AU LIEU DE VOUS BATTRE ENTRE VOUS, NOUS ALLIONS RENDRE VISITE AUX ROMAINS ? TOUT EST ARRIVÉ À CAUSE D'EUX, FINALEMENT !
OUAIS !
IL A RAISON !
ET POUR VOUS REMERCIER DE VOTRE BEAU CADEAU D'ANNI--VERSAIRE, CE SERA MA TOURNÉE !
QU'EST-CE QUE TU EN DIS, Ô ABRARACOURCIX, NOTRE CHEF ?
ON Y VA, PAR TOUTATIS !

JE NE COMPRENDS TOUJOURS PAS... EXPLIQUE-MOI COMMENT VONT RÉAGIR LES GAULOIS MAINTENANT QUE TU N'ACHÈTES PLUS LEURS MENHIRS ?
PARCE QU'AVANT QUE TU VIENNES FAIRE L'IMBÉCILE, NOUS, NOUS ATTENDIONS TRANQUILLEMENT LA RELÈVE !
J'AI FINI MA MISSION, LAISSE-MOI PARTIR !
EH, LES AMINCHES ! V'LA LES...
?
?
POC !
?!
LES GAU... LES GAUGAU...

TU... TU CROIS QU'ILS SONT PARTIS ?
JE NE SAIS PAS ET JE M'EN MOQUE ! JE NE ME RELÈVERAI QUE QUAND LA RELÈVE SERA LÀ !
ALORS ?... TOI Y'EN A COMPRIS ?
TOUS NOS COPAINS SONT PLEINS DE SESTERCES ; QUE VONT-ILS EN FAIRE ?
PAS GRAND CHOSE...
J'AI APPRIS QU'IL Y A UNE GRANDE CRISE À ROME, DUE À JE NE SAIS QUOI. TOUJOURS EST-IL QUE LE SESTERCE EST DÉVALUÉ.
EH ?
LE SESTERCE Y'EN A PLUS RIEN VALOIR DU TOUT !
MAIS TOUS CES SOUCIS COMPLIQUÉS FONDENT SOUS LES ÉTOILES COMME NEIGE AU SOLEIL ET C'EST L'ESPRIT TRANQUILLE, QUE LES GAULOIS FÊTENT LEUR AMITIÉ RETROUVÉE...
Fin
UDERZO. & GOSCINNY

TCHAC!
ILS SONT FOUS CES ROMAINS!